AF742949

www.ingramcontent.com/pod-product-compliance
Lightning Source LLC
LaVergne TN
LVHW050814051026
849532LV00008B/2991
* 9 7 8 9 3 5 8 7 2 7 6 1 6 *

ایک سے بڑھ کر ایک

('انوارِ سہیلی' سے منتخب بچوں کی کہانیاں)

ملا حسین واعظ کاشفی

© Taemeer Publications LLC
Aik se badh kar aik *(Kids Stories)*
by: Mulla Husain Waaiz Kashifi
Edition: December '2024
Publisher :
Taemeer Publications LLC (Michigan, USA / Hyderabad, India)

ISBN 978-93-5872-761-6

مصنف یاناشر کی پیشگی اجازت کے بغیر اس کتاب کا کوئی بھی حصہ کسی بھی شکل میں بشمول ویب سائٹ پر اَپ لوڈنگ کے لیے استعمال نہ کیا جائے۔ نیز اس کتاب پر کسی بھی قسم کے تنازع کو نمٹانے کا اختیار صرف حیدرآباد (تلنگانہ) کی عدلیہ کو ہو گا۔

© تعمیر پبلی کیشنز

کتاب	:	**ایک سے بڑھ کر ایک** (بچوں کی کہانیاں)
مصنف	:	**ملا حسین واعظ کاشفی**
صنف	:	ادب اطفال
ناشر	:	تعمیر پبلی کیشنز (حیدرآباد، انڈیا)
سالِ اشاعت	:	۲۰۲۴ء
صفحات	:	۶۴
سرورق ڈیزائن	:	تعمیر ویب ڈیزائن

فہرست

پیش لفظ

کہانی کا رواج زمانۂ قدیم سے چلا آرہا ہے۔ جب انسان جنگلوں میں رہتا تھا اور شکار کا گوشت یا جنگلی پھل پھول کھا کر زندگی بسر کرتا تھا، اس وقت بھی کہانی انسان کی زندگی میں موجود تھی۔ دن بھر شکار کے لیے پریشان انسان جب شام کو تھکا ہارا واپس اپنے ٹھکانے پر لوٹتا تھا تو آگ کے گرد، شکار بھونتے ہوئے اپنے دوسرے ساتھیوں کے ساتھ بیٹھ کر اپنے دن بھر کے تجربات بڑی دلچسپی سے سناتا تھا۔ یہیں سے قصے یا کہانی کی ابتدا ہوئی ہے۔ پھر اس کے بعد جب یہی انسان تہذیب یافتہ ہو کر گاؤں، دیہاتوں اور شہروں تک پہنچا تو کہانی بھی اس کے ساتھ ساتھ آگے بڑھتی رہی اور اس کی زندگی کی ترجمانی کرتی رہی۔ اس کے کردار وقت اور حالات کے ساتھ ساتھ بدلتے رہے۔ کبھی یہ جن، دیو اور پری کی شکل میں آئے اور کبھی جانوروں اور پرندوں کی زبان سے زندگی کی حقیقتیں بیان کی گئیں۔ کبھی شہزادوں، وزیروں، وزیرزادوں اور تاجروں کی زبان سے کہانیاں سنائی گئیں اور پڑھنے اور سننے

والوں کو نصیحتیں کی گئیں۔

ہمارا ملک ہندوستان تو ایسی حکایتوں اور کہانیوں کا خاص مرکز رہا ہے۔ ہماری قدیم کہانیاں "پنچ تنتر" اور "ہتو پدیش" کی شکل میں دنیا کے سامنے آئیں۔ جن کے ذریعے باتوں باتوں میں کئی اخلاقی سبق سکھائے گئے۔ دنیا بھر کی زبانوں میں ان کہانیوں کے ترجمے ہوئے اور پھر ہندوستان کی کہانیاں دنیا بھر میں گھوم پھر کر دوبارہ ہندوستان لوٹ آئیں۔

"انوارِ سہیلی" میں جو کہانیاں شامل ہیں وہ بھی دراصل انہیں ہندوستانی کہانیوں سے لی گئی ہیں۔ ہندوستان کے ایک ذہین برہمن نے یہ کہانیاں اپنے بادشاہ کی اخلاقی اصلاح کی خاطر لکھی تھیں۔ پھر یہ ایرانیوں کے ہاتھوں دنیا بھر میں پہنچیں۔ یہ کہانیاں زندگی میں ہونے والے چھوٹے چھوٹے واقعات، چھوٹی چھوٹی باتیں سناتی ہیں۔ ان کے کردار جانوروں کے ہیں اور اصل قصہ دو لومڑیوں کی زبانی بیان کیا گیا ہے جن کے نام "کلیلہ" اور "دمنہ" ہیں۔ ان دونوں لومڑیوں کی زبانی کہانیوں کا سلسلہ چلتا ہے۔ جن کی تعداد تقریباً سو ہے اور ان میں خوبصورت انداز میں سیاست، حکومت اور اخلاق کے سبق دیے گئے ہیں۔ اس لیے ضرورت محسوس ہوئی کہ آج — جب ہمارے بچوں اور نوجوانوں کے لیے نصیحتوں کا کوئی سلسلہ خاص طور پر موجود نہیں ہے انھیں اس قسم کی کہانیوں سے واقف کرایا جائے۔ اسی مقصد سے یہ کتاب ترتیب دی گئی ہے۔

جیسا کہ اوپر بیان کیا جا چکا ہے کہ "انوارِ سہیلی" تقریباً سو کہانیوں پر مشتمل ہے اور یہ کہانیاں ایک دوسرے کے ساتھ اتنی جڑی ہوئی ہیں کہ ان کو الگ کرنا دشوار ہے۔ پھر بھی کچھ کہانیاں ایسی ہیں جو مختصر ہیں اور اپنی الگ حیثیت بھی رکھتی ہیں اور ساتھ ساتھ ان میں کوئی نصیحت یا سبق بھی چھپا ہوا ہے۔ اس کتاب میں ایسی ہی کہانیوں کو لیا گیا ہے۔ امید ہے بچے اور نوجوان اسے پسند کریں گے۔

(ڈاکٹر رفیعہ شبنم عابدی)

ملاّ حسین واعظ کاشفی

ملاّ حسین واعظ کاشفی کا پورا نام مولوی کمال الدین حسین تھا۔ وہ علی واعظ کاشفی کے لڑکے تھے اور تیمور کے پڑپوتے سلطان حسین مرزا کے زمانے میں مشہور ہوئے۔ سلطان حسین مرزا اس وقت خراسان کا بادشاہ تھا۔ ملاّ حسین کاشفی کی تاریخ پیدائش کا صحیح پتہ اب تک نہیں چل سکا ہے اور ان کے حالات زندگی کے متعلق بھی بہت کم معلومات ملتی ہیں۔ وہ ہرآت میں ایک معزز عہدے پر فائز رہے اور 30، جون سنہ 1905ء کو انتقال کیا۔

ملاّ حسین واعظ کاشفی بہت سے علوم جانتے تھے۔ اسی لیے انھوں نے مختلف موضوعات پر کتابیں لکھی ہیں۔ خاص طور پر وہ علمِ نجوم سے بخوبی واقف تھے۔ شاعری سے بھی انھیں بے حد دلچسپی تھی اور اسی کے ذریعے وہ شاہی دربار تک پہنچے اور سلطان مرزا نے ان کی قابلیت سے خوش ہوکر انھیں اپنے دربار میں جگہ دی۔ سلطان حسین مرزا بڑا علم دوست بادشاہ تھا۔ اس کے دربار میں اس زمانے کے مشہور شاعر جامی اور مشہور

مصور بہزاد بھی موجود تھے۔ اس کا دربار ایشیا میں علم و فضل کا مرکز سمجھا جاتا تھا اور بابر کے قول کے مطابق "ساری دنیا بھی اس وقت ہرات کی برابری نہیں کر سکتی تھی۔" اس کا دربار علماء و فضلاء سے بھرا رہتا تھا۔ مشہور تاریخ نویس خوندمیر اس کا مصاحب اور امیر علی شیر اس کا وزیر تھا۔ وہ خود بھی ایک اچھا شاعر اور ادیب تھا اور شاعروں اور ادیبوں کی پرورش بھی کرتا تھا۔ اس لیے کوئی تعجب کی بات نہیں کہ اس کے دور میں کاشفی نے کافی علمی کام کیا اور بے شمار کتابیں لکھیں جن میں سے ایک "انوارِ سہیلی" بھی ہے۔ چونکہ یہ کتاب سلطان حسین مرزا کے سپہ سالار امیر نظام الدین احمد سہیلی کی فرمائش پر لکھی گئی اس لیے کاشفی نے اس کا نام "انوارِ سہیلی" رکھا۔ اردو میں وقتاً فوقتاً اس کے کئی ترجمے ہوئے۔ زیر نظر کتاب میں شامل کہانیاں بھی "انوارِ سہیلی" سے ماخوذ ہیں لیکن ترجمہ کرنے کی بجائے اسے آزادانہ تحریر کیا گیا ہے۔

انوارِ سہیلی کے بارے میں

"انوارِ سہیلی" ایک مشہور اخلاقی اور ادبی کتاب ہے جو اشاعت کے بعد سے آج تک مسلسل فارسی کی مشہور کتابوں میں شمار ہوتی آئی ہے۔ یہ کتاب مختلف ناموں سے مشہور ہے۔ مثلاً 1۔ کلیلہ و دمنہ۔ 2۔ حکایات بید پائی یا پیل پائی۔ 3۔ عیارِ دانش وغیرہ۔ یہ کتاب ہندوستان کے بادشاہ رائے دابشلیم کی فرمائش پر اس کے دور کے مشہور فلسفی بید پائی جسے پیل پائی یا وید یاپتی بھی کہا جاتا ہے، نے لکھی۔ جس میں چھوٹی چھوٹی حکایتیں ہیں اور ان میں اپنا مقصد اشاروں اشاروں میں بیان کیا گیا ہے چھوٹی چھوٹی حکایتوں اور قصوں کا یہ سلسلہ تقریباً سو کہانیوں پر پھیلا ہوا ہے۔ ان میں اکثر پرندوں اور جانوروں نے اہم کردار ادا کیے ہیں اور انھیں کی زبانی نصیحتیں کی گئی ہیں۔ اس کا سب سے بڑا سبب بادشاہ کی ناراضگی کا خوف تھا۔ اس لیے بید پائی نے کہانیوں کے ذریعے نصیحت کی ہے۔ البتہ کہیں کہیں صاف الفاظ میں بھی بات کہہ دی ہے۔

اس کتاب کا ترجمہ سب سے پہلے قدیم پہلوی اور تبتی زبان میں ہوا۔ پھر عربی قدیم، شامی، اسپینی، لاطینی، عبرانی، فارسی، یونانی، قدیم سلاونی، اطالوی، ترکی فرانسیسی، انگریزی، جرمنی اور ڈچ وغیرہ جیسی زبانوں میں اس کے بہت سے ترجمے ہوئے۔ یوں اس کتاب کے ترجمے تقریباً دنیا کی تمام زبانوں میں ہوئے۔ خصوصاً عربی اور فارسی میں اسے کئی بار نظم کیا گیا۔ بعض منظوم ترجمے تو اب دستیاب نہیں ہیں، البتہ بعض موجود ہیں۔ "انوارِ سہیلی" کے بہت سے نسخے پہلے ہندوستان میں شائع ہوئے اور پھر ایران اور دوسرے ملکوں میں دوبارہ شائع کیے گئے۔

وجہ تصنیف:-

اس کتاب کی وجہ تصنیف کے بارے میں مشہور ہے کہ ہندوستان کے بادشاہ پورس کو شکست دینے کے بعد فاتح اعظم سکندر نے اپنے ایک امیر کو یہاں کی حکومت سونپی۔ لیکن بہت جلد یہاں بغاوت ہوگئی اور عوام نے نئے حکمران کو تخت سے اتار کر اس کی جگہ پرانے بادشاہ کے ایک وارث کو تخت نشین کروادیا جس کا نام دابشلیم تھا۔ نیا بادشاہ بہت جلد اپنی سختیوں کی وجہ سے نامقبول اور بدنام ہوگیا۔ ایک برہمن فلسفی بیدپائی نے بادشاہ کو صحیح راستے اور انصاف پسندی کی طرف لانے کا بیڑہ اٹھایا۔ اس کام میں اس کے شاگردوں نے اس کا بھرپور ساتھ دیا۔ وہ بادشاہ کی خدمت میں حاضر ہوا اور اپنے خیالات کا اظہار کیا۔ بادشاہ اس کی باتیں سن کر بھڑک اٹھا اور اسے قتل کردینے کا حکم دیا۔ لیکن بعد میں کچھ سوچ کر قیدِ سخت

کی سنہ اسنائی۔

ایک رات جب بادشاہ بے خوابی کا شکار تھا اور ستاروں اور سیاروں کی گردش کے متعلق غور کر رہا تھا کہ اچانک حکیم بید پائی کا خیال آیا، اور اپنی ناانصافی کا احساس ہوا۔ فوراً بید پائی کو قید سے آزاد کر کے اپنا وزیر بنا لیا۔ اس دوران میں حکیم بید پائی نے اپنا فرصت کا وقت حکومت کا دستور لکھنے میں بتایا اور اس طرح بادشاہ کی رہنمائی کی۔ دابشلیم نے یہ محسوس کیا کہ اکثر بادشاہ کے نام اپنے دور کی کسی مشہور کتاب کی وجہ سے باقی رہ گئے۔ اس کی بھی خواہش ہوئی کہ اس کے دور میں بھی کوئی ایسی کتاب لکھی جائے جس میں اس کا ذکر ہو اور وہ ہمیشہ کے لیے امر ہو جائے۔ اس نے اپنی اس خواہش کا اظہار بید پائی کے سامنے کیا۔ بید پائی نے ایسی کہانیاں لکھ کر جو بادشاہوں کے لیے سبق آموز تھیں، یہ کام آسان کر دیا اور ایک سال میں کتاب مکمل کر لی۔ اس کے بعد اپنے عہدے سے سبکدوش ہو کر ایک شاگرد کے ساتھ علمی کام میں مصروف ہو گیا اور سارا مواد چار بابوں میں نقل کروایا۔ ہر باب ایک سوال اور اس کے جواب کے متعلق ہے۔ یہ کتاب "کارتِکا دمنکا" یا "کلیلہ دمنہ" کہلاتی ہے۔ کتاب کے مکمل ہونے پر بادشاہ نے اسے انعام واکرام دیا۔ بید پائی نے اسے لینے سے انکار کر دیا۔ صرف اس خواہش کے ساتھ کہ اس کی کتاب محفوظ رکھی جائے گی۔

یہ کتاب بعد میں کسی طرح ایرانیوں کے ہاتھ لگ گئی۔

کہا جاتا ہے کہ جب ایران کے بادشاہ نوشیرواں نے اس کتاب کے متعلق

سنا تو ایک طبیب کے ذریعے جس کا نام برزویہ تھا اس کتاب کی جلد حاصل کی اور شاہی خزانے میں جمع کردی۔ برزویہ اسے تیزی سے ترجمہ کرتا رہا۔ بادشاہ نے اسے انعام دینا چاہا لیکن اس نے بھی اس شرط پر لینے سے انکار کردیا کہ اس کا تذکرہ شیر اور بیل کی کہانی والے باب سے پہلے کیا جائے گا۔ وزیر بزرجمہر نے اس کی درخواست قبول کرلی اور اپنے عہدے سے سبکدوش ہونے کے بعد اس نے برزویہ کی زندگی پر بھی ایک کتاب لکھی۔ پہلوی زبان کا یہ ترجمہ اب موجود نہیں ہے لیکن اس کو عربی میں نقل کیا گیا اور سب سے پہلے ابوالمظفر بہرام شاہی غزنوی کے عہد میں "کلیلہ و دمنۂ بہرام شاہی" کے نام سے ترجمہ کیا گیا۔ اسے "کلیلۂ ابوالمعالی" بھی کہتے ہیں۔ یہ ترجمہ چھٹی صدی عیسوی کے مشہور دانشمند ابوالمعالی نصراللہ بن محمد نے کیا ہے اور ابن مقفع کی عربی کتاب کے سہارے لکھا گیا ہے۔ ملا حسین واعظ کاشفی نے بھی اسی انداز میں انوارِ سہیلی لکھی۔

کاشفی نے اپنے مقدمے میں کتاب کے متعلق لکھا ہے کہ ''عام طور پر جو لوگ شاہی فرمائش پر کتابیں لکھتے ہیں وہ اتنی مشکل زبان استعمال کرتے ہیں جسے عوام سمجھ نہیں پاتے۔ اس لیے میں نے ضرورت محسوس کی کہ ایسی کتاب لکھی جائے جسے لوگ پسند کریں اور اس سے فائدہ اٹھا سکیں۔

ابوالمعالی کی کتاب عربی الفاظ، اشعار اور ضرب الامثال سے بھری ہوئی ہے اس لیے اس کا سمجھنا مشکل ہو جاتا ہے۔ ملا حسین واعظ کاشفی نے عربی کے بدلے

فارسی اشعار اور سادہ زبان استعمال کی ہے تاکہ کتاب عام لوگوں کی سمجھ میں آسکے یہی وجہ ہے کہ کاشفی کی کتاب کی عبارت سادہ ہے۔ اس میں فارسی کے بہت سے اشعار توجہ کھینچتے ہیں۔ اس لیے اس کتاب نے زیادہ شہرت اور مقبولیت حاصل کی اور اس کے بعد آنے والے ادیبوں نے اسی کے انداز میں کتابیں لکھیں۔

کاشفی نے تقریباً ایک سو حکایتیں بیان کی ہیں، جو "کلیلہ دمنہ" میں موجود ہیں۔

ایک سے بڑھ کر ایک

ایک بھیڑیا بھوک سے بے تاب ہو کر غذا کی تلاش میں جنگل میں مارا مارا پھر رہا تھا وہیں ایک خرگوش جھاڑیوں میں گہری نیند سو رہا تھا۔ بھیڑیئے کی نظر اس پر پڑی تو اسے غنیمت جانا اور آہستہ آہستہ اس کی جانب بڑھنے لگا۔ خرگوش نے خطرے کی بو پا کر چھلانگ لگائی اور بھاگنے کی کوشش کی۔ بھیڑیئے نے اس کا راستہ روک کر کہا۔

"کہاں جاتا ہے؟" خرگوش پر خوف غالب ہوا۔ خوشامد شروع کی اپنا منہ زمین پر رگڑ کر کہنے لگا۔

"میں جانتا ہوں کہ بھوک کی آگ شعلہ فشاں ہے جس کی وجہ سے جہاں پناہ بے چین و بے قرار ہیں اور غذا کے طلب گار ہیں۔ مگر مجھ جیسا چھوٹا موٹا جانور آپ کے لیے کافی نہیں یہ تو ایک نوالے سے زیادہ نہیں۔ البتہ یہاں قریب ہی ایک لومڑی رہتی ہے جس کا موٹاپے کی وجہ سے چلنا دوبھر ہے اور اس کا گوشت تازگی میں آبِ حیات سے زیادہ ہے۔ اگر جہاں پناہ وہاں تک قدم رنجہ فرمائیں تو میں اسے کسی حیلے سے پکڑوا دوں گا تاکہ آپ کا

ناشتہ معقول اور پیٹ بھرے ہو اور اگر اس پر بھی سیری نہ ہو تو میں حاضر ہوں مجھے نوش فرمائیے۔

بھیڑیا خرگوش کی جادو بھری باتوں پر فریفتہ ہو کر لومڑی کی سمت روانہ ہوا۔ وہ لومڑی مکاری اور دھوکے بازی میں شیطان کی خالہ تھی۔ خرگوش کو اس سے پرانا بیر تھا اس موقع کو غنیمت جان کر وہ اس سے بدلہ لینا چاہتا تھا۔ خرگوش جب لومڑی کے غار کے قریب پہنچے تو بھیڑیئے کو باہر کھڑا کر کے خود اندر داخل ہوا۔ بڑے احترام سے لومڑی کو سلام کیا۔ لومڑی نے بھی اسی انداز میں جواب دیا اور کہا۔ ''خوش آمدید۔ کہاں سے آئے ہو اور کہاں جا رہے ہو؟ آؤ بیٹھو تاکہ کچھ دیر باتیں کریں۔''

خرگوش نے کہا۔ ''مجھے ایک عرصہ دراز سے خواہش تھی کہ آپ سے شرفِ ملاقات حاصل کروں لیکن انقلابِ زمانہ کی جفاکاریوں کے باعث اب تک اس سعادت سے محروم تھا۔ اس دوران ایک بزرگ جو کرامت اور ولایت میں بے مثال ہیں یہاں تشریف لائے ہیں اور آپ کی گوشہ نشینی کا شہرہ سُن کر آپ کے دیدار کے خواہش مند ہیں۔ اگر اجازت ہو تو بہتر ہے اور اگر دل نہ چاہے تو پھر کسی موقع پر دیکھا جائے گا۔''

لومڑی نے اس چرب زبانی کو سمجھ لیا اور دل میں سوچا کہ میں بھی ان کے ساتھ انہیں کی طرح سلوک کروں اور اُن کا دیا ہوا شربت انہیں کے حلق میں انڈیل دوں۔''

''میں نے مسافروں کی خدمت میں کمر باندھی ہے اور اپنے گھر کا دروازہ مہمان پر کھول رکھا ہے۔ خصوصاً ایک بزرگ، جس کا بیان تم نے اس خوبی سے کیا ہے

اورایساصاحب کمال جس کی تعریف اس درجہ فرمائی ہے۔ اس کی مہمان داری میں کیونکر بھول سکتی ہوں۔ کیونکہ بزرگوں نے بھی کہاہے کہ مہمان جب آتا ہے' اپنا رزق ساتھ لاتاہے۔ لیکن مجھے توقع ہے کہ تم اتنا وقت ضرور دوگے کہ میں اپنے گھر کو صاف کروں اور قدم مبارک کے لیے کوئی فرش بچھاؤں۔"

خرگوش سمجھا کہ میرا جادو اس پر اثر کر گیا۔ جواب دیا۔

"مہمان بے تکلف اور درویش صفت ہے اسے آرائش مکان اور فرش کی ضرورت نہیں۔ لیکن اگر کبھی کوئی تکلف ہو تو اس سے کوئی مضائقہ نہیں۔"

یہ کہہ کر باہر آیا اور تمام ماجرا بھیڑیئے سے کہا اور ایک بار پھر اسے تازہ گوشت کی لالچ دی۔ بھیڑیا اس لالچ میں اپنے تیز کیے ہوئے منہ چلا رہا تھا اور خرگوش اس تصور میں تھا کہ جب یہ لومڑی کے کھانے میں مصروف ہوگا، میں فرار ہو جاؤں گا۔ لیکن جہاں دیدہ لومڑی نے بہت پہلے احتیاطاً اس غار کے ایک گوشے میں گڑھا کھود رکھا تھا اور اس کے منہ پر گھاس پھوس بچھادی تھی اور اپنے باہر نکلنے کے لیے ایک الگ راہ بنائی تھی۔ جلدی سے گھاس پھوس کو درست کرکے آواز دی۔

"اے مہمانو! جلد قدم رنجہ فرمائیے۔" یہ کہہ کر خود اس خفیہ راستے پر جا کھڑی ہوئی۔ خرگوش اور بھیڑیا دونوں جلدی سے اندر داخل ہوئے۔ جیسے ہی ان کا پاؤں گھاس پر پڑا۔ دونوں اس گڑھے میں جا گرے۔ بھیڑیا سمجھا کہ یہ دھوکا اسی خرگوش نے دیاہے اور مجھے گرفتار کروایا ہے۔ غصے میں آکر خرگوش کو چیر ڈالا اور خود بھی ہلاک ہوا اور لومڑی اپنی چالاکی سے بچ گئی۔

قناعت سب سے بڑی دولت ہے

حلب میں ایک بادشاہ تھا جو بے حد عالی ظرف، عقل مند اور نیک تھا۔ اس نے زمانے کے کئی انقلابات دیکھے تھے۔ اس کے دو بیٹے تھے جو ہمیشہ جوانی کے غرور اور شراب کے نشے میں چور رہتے تھے اور رات دن عیاشی میں مصروف رہتے تھے۔ عقلمند اور تجربہ کار بادشاہ کو ہر وقت فکر رہتی تھی کہ یہ ناخلف میرے بعد میری سلطنت اور دولت کو تھوڑی ہی مدت میں تباہ کر ڈالیں گے۔ اسی شہر سے کچھ دور ایک زاہد رہتا تھا جس نے دنیا کو ترک کر کے عبادت میں اپنی عمر بتا دی تھی۔ بادشاہ کو اس سے بے حد محبت تھی اور وہ اس کا بے حد عقیدت مند تھا۔ اس نے اپنی تمام دولت اکٹھا کر کے زاہد کی خانقاہ میں ایک جگہ دفن کر دی اور اس سے کہا۔

"دولت بے وفا ہوتی ہے اور شان و شوکت بے بقا۔ اس لیے جب میرے دونوں بیٹے ان سے ہاتھ دھو بیٹھیں اور مفلس و محتاج ہو جائیں تو اس وقت انھیں اس دفینے کا پتہ دینا۔ شاید تکلیفیں اٹھانے کے بعد وہ دولت کی قدر سیکھ لیں، اسراف سے بچ جائے

باز آئیں اور اعتدال کا راستہ اختیار کریں۔

زاہد نے بادشاہ کی وصیت قبول کی اور بادشاہ نے ایک کنویں کے اندر وہ خزانہ دفن کر دیا۔ کچھ دنوں بعد بادشاہ اور زاہد دونوں کا انتقال ہو گیا اور وہ خزانہ جو زاہد کی خانقاہ میں دفن تھا ویسے ہی مخفی رہا۔ کسی کو اس کا پتہ نہ چل سکا۔ بادشاہ کی موت کے بعد دونوں بیٹوں میں تخت و تاج کے لیے زبردست لڑائی ہوئی آخر بڑا بھائی سلطنت پر قابض ہو گیا اور سب دولت ہتھیالی۔ چھوٹے بھائی کو کچھ بھی نہ دیا۔ جب اس نے یہ حال دیکھا تو اس کا دل دنیا سے اچاٹ ہو گیا اور اس نے قناعت اور توکل کو اپنا شعار بنا لیا اس غرض سے وہ شہر سے دور اسی خانقاہ کی طرف نکل آیا جہاں زاہد رہتا تھا۔ اس نے سوچا کہ وہ اسی زاہد کے قدموں میں عبادت کی زندگی گذار دے گا۔ لیکن اسے پتہ چلا کہ زاہد کا انتقال ہو چکا ہے۔ وہ اسی خانقاہ میں سکونت اختیار کر کے زاہد کی قبر کی مجاوری کرنے لگا۔

اس خانقاہ سے ایک نہر بہتی تھی جو اسی کنویں سے جا ملتی تھی جہاں خزانہ دفن تھا۔ اس نہر کا پانی پانی مسلسل اس کنویں میں جمع ہوتا تھا اور لوگ اسے استعمال کرتے تھے۔ اسی سے غسل اور وضو کرتے تھے۔ ایک روز شہزادے نے اس کنویں میں ڈول ڈالا لیکن پانی کی آواز نہ آئی۔ اس نے کنویں میں جھانک کر دیکھا۔ پانی نظر نہ آیا۔ اسے تعجب ہوا کہ آخر ایسی کونسی چیز حائل ہے جو پانی نہیں آ رہا ہے۔ اگر کوئی رکاوٹ ہے تو اس سے تمام لوگوں کو تکلیف ہوگی۔ یہ سوچ کر فوراً کنویں میں اترا اور اِدھر اُدھر دیکھنا شروع کیا۔ اچانک اس کی نظر ایک گھڑے پر پڑی جو اس سوراخ پر آ کر رکا ہوا تھا جہاں سے نہر کا

پانی کنوئیں میں آتا تھا اور جس کی وجہ سے بار بار پانی کی رفتار میں رکاوٹ پیدا ہو رہی تھی اس نے دل میں سوچا آخر یہ سوراخ جاتا کہاں ہے، لہٰذا اس گھڑے کا منھ چوڑا کرنے کی کوشش کی اور تھوڑا سا کھودا تو اس گھڑے کا منھ کھل گیا اور دینار و ہیرے جواہرات باہر کی طرف بکھرنے لگے۔ یہ وہی خزانہ تھا جو بادشاہ نے دفن کیا تھا۔ شہزادے نے خدا کا شکر ادا کیا اور دل میں سوچا کہ "ہر چند یہ خزانہ بے شمار اور یہ دولت بے حساب ہے لیکن اس کے لیے قناعت اور توکل کو ہاتھ سے نہیں جانے دینا چاہیے۔ اور اسے حسبِ ضرورت تھوڑا تھوڑا خرچ کرنا چاہیے۔" پس ہنسی خوشی رہنے لگا۔

ادھر بڑا بھائی جب بادشاہ بنا تو دولت کے نشے میں اتنا مغرور ہو گیا کہ رعایا کی خبر گیری اور فوج کی اسے مطلق پروا نہ رہی۔ دن رات عیش و عشرت میں پڑا رہتا اور یہ سوچ کر کہ محل میں بے حساب دولت چھپی ہوئی ہے بے دریغ روپیہ خرچ کرتا رہا۔ یہاں تک کہ خزانہ خالی ہو گیا۔ اس کمزوری سے فائدہ اٹھا کر اس کے ایک دشمن نے اس کی سلطنت پر حملہ کر دیا۔ لیکن اس کا لشکر پریشان اور بے سرو سامان تھا۔ اس لیے بری طرح شکست ہوئی۔ مگر اس لڑائی میں دونوں حریف مارے گئے۔ اور دونوں لشکر پریشان ہو گئے۔ ممکن تھا کہ کوئی فتنہ اٹھ کھڑا ہوتا اور نفرت کی آگ دونوں لشکروں کو جلا کر خاک کر ڈالتی کہ دونوں فوجوں کے سرداروں نے سمجھ داری سے کام لیتے ہوئے مل کر سوچا کہ کوئی ایسا شخص تلاش کرنا چاہیے کہ جو دونوں حکومتوں کی سربراہی کے لائق ہو۔ جب تحقیق کی تو پتا چلا کہ

دونوں بادشاہوں کے خاندانوں میں سوائے ایک خانقاہ نشین شہزادے کے اور کوئی باقی نہ بچا تھا۔ سب مشترکہ طور پر شہزادے کے حق میں راضی ہو گئے اور اسے خانقاہ سے اٹھا کر تخت سلطنت پر بٹھا دیا۔ اس طرح وہ نہ صرف قناعت اور توکل کی سلطنت کا حاکم ہوا بلکہ اس کے طفیل میں اپنی موروثی سلطنت بھی پائی۔

عقل مند سردار

کشمیر کے ایک گاؤں میں ایک خوبصورت سبزہ زار تھا۔ جس کی مثال رُوئے زمین پر نہیں ملتی تھی۔ چونکہ اس سبزہ زار میں شکار آسانی سے کیا جاسکتا تھا۔ اس لیے وہاں اکثر شکاری آیا کرتے تھے۔ جانوروں اور پرندوں کے لیے جال بچھایا کرتے تھے۔ ایک روز ایک شکاری نے ایک درخت کے نیچے جال بچھایا اور اس میں چند دانے بکھیر دیئے اور خود ایک کمین گاہ میں چھپ کر بیٹھ گیا۔ تقریباً ایک گھنٹے بعد کبوتروں کا ایک غول وہاں آیا۔ جس کا سردار "مطوقہ" نام کا ایک کبوتر تھا جو بڑا ہی ذہین، چالاک، معاملہ فہم اور طاقت ور تھا۔ تمام کبوتر اس کے حکم پر چلتے تھے اور اُس کی تابع داری میں فخر محسوس کرتے تھے۔ جیسے ہی کبوتروں کی نظر دانوں پر پڑی، بھوک کے مارے اپنے ہوش وحواس کھو بیٹھے۔

مطوقہ نے بزرگانہ اور شفیقانہ لہجے میں انہیں اس بات سے منع کیا اور تنبیہ کی کہ "حرص کے راستے پر دانہ دیکھ کر بے قرار مت ہونا۔ کیونکہ ہر دانے کے نیچے ایک جال بچھا ہوتا ہے۔"

انھوں نے جواب دیا___"ہماری بے قراری اتنی بڑھتی جارہی ہے کہ اب نصیحت سننے اور عاقبت کا خیال کرنے کی ہم میں تاب نہیں رہی اور بزرگوں نے یہ بھی تو کہا ہے کہ بھوک انسان کو دلیر بنا دیتی ہے تاکہ وہ عمر بھر کے لیے سیر ہو جائے۔"

مطوقہ سمجھ گیا کہ یہ دانے کے لالچ میں نصیحت نہیں سنیں گے اور انہیں ملامت کی رسی کی مدد سے، غفلت اور جہالت کے کنویں سے باہر نہیں نکالا جاسکتا۔ سوچا کہ ان سے کنارہ کرکے ایک گوشے میں چلا جائے مگر کاتبِ تقدیر نے اُس کی قسمت میں کچھ اور ہی لکھا تھا۔ اس کے دل میں خیال آیا کہ یہ مناسب نہیں کہ اس کے ساتھی جال میں پھنسیں، اور وہ خود یہاں سے چلا جائے۔ غرض وہ بھی اپنے ساتھیوں کے ساتھ نیچے اُترا۔ جیسے ہی انھوں نے دانہ چُگنا چاہا شکاری کے جال میں پھنس گئے۔ اسی وقت مطوقہ چلّایا۔

"میں نہ کہتا تھا کہ عجلت پسندی بُری ہوتی ہے اور کسی کام کو بغیر سوچے سمجھے کرنا ناپسندیدہ عمل ہے۔"

شرمندگی اور ندامت کے مارے تمام کبوتر ایسے خاموش ہوگئے، جیسے انہیں سانپ سونگھ گیا ہو۔ شکاری اپنی کمین گاہ سے باہر آیا اور خوشی خوشی اس طرف دوڑا کہ ان تمام کبوتروں کو لے کر اپنے گھر کی طرف لوٹے۔ جیسے ہی کبوتروں کی نظر شکاری پر پڑی وہ بے قرار ہو گئے اور ہر ایک اپنی رہائی کی جدوجہد کرنے لگا۔

مطوقہ نے کہا — "دوستو! ہم میں سے ہر شخص اپنی رہائی کی کوشش کر رہا ہے۔ اُسے دوسروں کا کوئی خیال نہیں۔ یہ دوستی کی شرط نہیں۔ دوستی کی پہلی شرط یہ ہے کہ دوستوں کی رہائی کو اپنی رہائی سے زیادہ اہم سمجھو۔ جیسا کہ دو دوست ایک کشتی میں بیٹھے تھے۔ اچانک ساحل کے قریب پہنچ کر کشتی ڈوبنے لگی اور دونوں پانی میں گر گئے۔ ایک ملاح نے دریا کے کنارے سے چھلانگ لگائی اور ارادہ کیا کہ اُن میں سے کسی ایک کو پکڑ کر بچالے۔ جس کو بچانا چاہا، اُس نے چیخ کر یہی کہا کہ اس گرداب میں میرا دوست بھی ڈوب رہا ہے، مجھے چھوڑ دو اور اُسے بچالو۔ اگر تم میں اتنی جرأت نہیں ہے کہ اپنے بجائے اپنے دوستوں کو بچاسکو تو کم از کم اتنا ضرور کرو کہ ایک ساتھ ایک دوسرے کی مدد سے طاقت لگاؤ تاکہ اتفاق کی برکت سے یہ جال اپنی جگہ سے اُٹھ جائے اور ہم سب رہائی پائیں۔"

کبوتروں نے اس کے حکم کی تعمیل کی، سب نے مل کر زور لگایا اور جال لے کر اُڑ گئے۔ شکاری ہر چند اُن کے پیچھے دوڑا مگر کچھ حاصل نہ ہوا۔ وہ ہوا میں غائب ہو گئے۔

مطوقہ اپنے ساتھیوں کے ساتھ جال سمیت اُڑتا رہا اور شکاری مُنہ تکتا رہ گیا۔ مطوقہ نے جب یہ دیکھا کہ شکاری اب بھی اُن کا پیچھا کر رہا ہے تو اُس نے اپنے دوستوں سے کہا۔

"یہ کم بخت ہمارے خاتمے پر کمر باندھے ہوئے ہے۔ جب تک ہم اس کی نظروں سے دُور نہیں ہوتے، سکون نہیں پا سکتے۔ بہتر یہ ہے کہ ہم آبادی کا رُخ کریں اور کسی باغ یا جنگل کی طرف اڑیں تاکہ اُس کی نگاہ ہم پر سے ہٹے اور ناامید ہو کر واپس لوٹے۔"

کبوتروں نے مطوقہ کے مشورے پر عمل کیا۔ اس عقل مند کبوتر نے کچھ دیر سوچنے کے بعد کہا۔

"میرا خیال ہے کہ ہم کسی وفادار دوست کی مدد کے بغیر رہائی نہیں پا سکتے۔ ان اطراف میں ایک چوہا میرا دوست ہے۔ وہ وفاداری اور دوستی کے ناطے ہم سب کی رہائی میں مدد کرے گا۔"

پس وہ تمام کبوتر اس جگہ پہنچے جہاں مطوقہ کا دوست رہتا تھا اور اس کے بل کے پاس پھڑپھڑانے لگے۔ مطوقہ نے اُسے آواز دی۔ جیسے

ہی چوہے کے کانوں میں ملوقہ کی آواز پہنچی وہ باہر نکل آیا اور جب اُس نے اپنے دوست اور اُس کے ساتھیوں کو جال میں پھنسا ہوا دیکھا تو بے چین ہو کر بولا:

"میں تمہاری یہ کیا حالت دیکھ رہا ہوں۔ تم تو بہت عقل مند ہو، پھر اس جال میں گرفتار کیسے ہوئے؟"

ملوقہ نے جواب دیا۔ "لالچ بُری بلا ہے۔ مجھے اور میرے دوستوں کو دانہ کے لالچ نے اس میں گرفتار کیا۔"

چوہے نے کہا۔ "دوست! دل چھوٹا نہ کرو۔ آخر میں کس دن تمہارے کام آؤں گا اور دوستی کا تقاضا بھی یہی ہے کہ مصیبت میں دوست کی مدد کی جائے۔"

یہ کہہ کر چوہے نے ملوقہ کی گردن سے جال کترنا شروع کیا۔ ملوقہ نے کہا۔ "اے میرے مہربان دوست! پہلے میرے دستوں کی گردن سے بند کاٹو۔ اُس کے بعد میری طرف متوجہ ہونا۔"

چوہے نے کہا۔ "تم نے حد کر دی۔ شاید تم اپنی دوستی کا حق ادا کر رہے ہو لیکن کیا تم نہیں جانتے کہ پہلے حق ادا کرنا چاہیے اور پھر دوسروں کا۔ تم پر تمہارا اپنا حق بھی ہے۔"

ملوقہ نے کہا۔ "ان کبوتروں کی سرداری میرے نام لکھی گئی ہے اور ایک سردار کی حیثیت سے اُن کی جان و مال کی حفاظت کرنا میرا فرض

ہے۔ لہٰذا اُن کا مجھ پر حق ہے کیونکہ یہ میرے کہنے پر یہاں آئے ہیں اور میں تمہاری مدد سے اُن کو آزاد کرانے کا وعدہ کر چکا ہوں۔"

چوہے نے کہا۔۔۔ بادشاہ رعایا کے لیے ایسا ہی ہے جیسے جسم کے لیے جان یا دل۔ اس لیے اس کا خیال رکھنا سب سے ضروری ہے۔ کیونکہ اگر دل میں کوئی خرابی ہے تو تمام اعضاء کی سلامتی خطرے میں پڑ جائے گی۔

مطوقہ نے کہا۔۔۔ "میں ڈرتا ہوں کہ اگر تم پہلے میری گردن کے حلقے کترو اور تھک جاؤ یا گھبرا جاؤ تو میرے باقی دوست یوں ہی پھنسے رہ جائیں گے اور یہ دوستی اور مروّت سے بعید ہوگا۔ اگر اُن کی گردنوں کے حلقے پہلے کترو اور پھر تم بھی تھک جاؤ تو یہ ناممکن ہے کہ تم مجھے رہا نہ کرو، کیونکہ تم میرے دوست ہو۔"

چوہے نے کہا۔۔۔ "اہلِ کرم کی یہی فطرت ہوتی ہے اور اُن کا عمل ایسا ہی ہوتا ہے۔ اسی پسندیدہ اخلاق کی وجہ سے وہ لوگوں میں مقبول ہوتے ہیں۔ شاید اسی لیے تمہارے ساتھیوں کا اعتماد روز بروز تم پر بڑھتا جا رہا ہے۔

چوہے نے جلدی جلدی جال کتر دیا اور آخر میں مطوقہ کی گردن کے حلقے کاٹے۔ کبوتروں نے اُس سے رُخصت لی اور بہ حفاظت اپنے آشیانوں کی طرف لوٹ گئے اور چوہا اپنے بِل میں چلا گیا۔

باز اور چڑا

ایک پہاڑ کے دامن میں ایک چھوٹا سا چڑا آہستہ آہستہ پھدک رہا تھا اور اس کے چہچہانے کی آواز آسمان تک پہنچ رہی تھی۔ اتفاق سے ایک شکاری باز ہوا میں اڑ رہا تھا۔ جب اُس نے چڑے کا پھدکنا دیکھا اور اُس کی چہچہاہٹ سُنی تو اُس کا جی چڑے پر آگیا اور بیساختہ اُس سے دوستی کرنے کو جی چاہا۔ دل میں سوچا کہ کوئی بھی ایک اچھے ساتھی یا دوست کے بغیر نہیں رہ سکتا۔ یہ مثل مشہور ہے کہ "جو بے یار ہوتا ہے مثلِ بیمار ہوتا ہے"۔ یہ چڑا بڑا خوبصورت اور خوش نوا ہے۔ اُس کی صحبت میں وقت اچھا گزرے گا۔ پس آہستہ سے چڑے کے پاس آیا۔ جیسے ہی چڑے کی نظر اس پر پڑی وہ خوف زدہ ہوکر ایک سوراخ میں چھپ گیا۔ باز اس سوراخ کے پاس آیا اور کہا —

"اس سے پہلے میں تیری اس خوبی سے واقف نہ تھا اور تیرے فضل و کمال سے بے خبر تھا۔ مگر آج تیری چہچہاہٹ نے میرا دل خوش کر دیا اور تیری خوبصورت چال نے مجھے تیرا دیوانہ بنا دیا۔ توقع کرتا ہوں کہ اب تو مجھ سے خوف زدہ نہ ہوگا بلکہ دوستی کرنے پر تیار ہو جائے گا۔"

چڑے نے آواز دی ــــ "اے خود غرض مہربان! مجھ سے ہاتھ اٹھا لو اور یہ سمجھ لو کہ اگر آگ اور پانی یکجا ہو جائیں، آفتاب اور سایہ بھی ایک ہو جائیں، تب بھی ہماری دوستی ناممکن ہے۔"

باز نے کہا ــــ پیارے چڑے! ایک بار اپنے دل میں سوچ کہ میرے دل میں کوئی بے ایمانی ہوتی تو پھر میں تجھ سے اتنی محبت سے کیوں پیش آتا۔ نہ ہی میرے پنجوں میں کوئی کمی ہے جو تیرے شکار سے باز رہوں اور نہ ہی میری چونچ میں کوئی خرابی ہے کہ تجھے لقمۂ اجل بنانے سے عاجز رہوں۔ اس سے زیادہ کچھ نہیں کہ تیری دوستی کی تمنا میرے دل میں پیدا ہوئی ہے۔ تجھے بھی میری دوستی سے کافی فائدے ہوں گے۔ سب سے پہلے تو یہ کہ جب میرے ساتھی دیکھیں گے کہ میں خود تجھے اتنے پیار سے پال رہا ہوں تو وہ تیری طرف جھپٹنے سے باز رہیں گے اور تیرا احترام کریں گے۔ دوسرے یہ کہ میں تجھے اپنے آشیانے میں رکھوں گا اور تو اس اونچے مسکن میں رہ کر اپنی

برادری میں افضل سمجھا جائے گا۔ اس کے علاوہ اگر تو اپنے ہم جنسوں میں سے کسی خوبصورت چڑیا سے شادی کرنا چاہے گا تو میں دھوم دھام سے تیری شادی کروں گا۔"

چڑے نے کہا۔ تم پرندوں کے سردار ہو اور میں تمہاری رعایا میں سے ہوں۔ ہم جیسے لوگ خامیوں اور خطاؤں سے خالی نہیں ہوتے۔ ممکن ہے مجھ سے کوئی ایسی غلطی سرزد ہو جائے جو تمہیں ناگوار گزرے اور مجھ پر تمہارا عذاب نازل ہو۔"

باز نے کہا۔ کیا تو نے نہیں سنا کہ دوست کی آنکھ دوستوں کے عیب دیکھنے سے قاصر ہوتی ہے۔ دوست کی غلطی بھی خوبصورت لگتی ہے۔ اور میں نے چونکہ تیری حرکتوں کو محبت کی نظر سے دیکھا ہے تو پھر تیری خطا پر کیسے ناراض ہوں گا؟"

چڑے نے ہر چند بہانے بنائے لیکن ایک نہ چلی۔ آخر باز کے وعدہ پیمان پر وہ سوراخ سے باہر نکل آیا۔ دونوں ایک دوسرے کے گلے ملے، اور محبت کی قسمیں کھائیں۔ باز اسے اپنے آشیانے میں آیا اور دونوں ایک دوسرے کے ساتھ ہنسی خوشی رہنے لگے۔

جب اس طرح رہتے رہتے کچھ دن ہو گئے تو چڑا باز کی طرف سے بے خوف ہو گیا اور تھوڑا گستاخ ہو کر دلیرانہ بات کرنے لگا۔ بات چیت کے

دوران خواہ مخواہ قہقہے لگاتا اور بات سُنی اَن سُنی کر دیتا۔ آخرکار چڑے کی ان حرکتوں سے باز کے دل میں نفرت پیدا ہونے لگی اور وہ موقع کی تلاش میں رہا۔ یہاں تک کہ اُسے ایک دن تھوڑی کمزوری محسوس ہوئی اور وہ غذا کی تلاش میں باہر نہیں جا سکا۔ تمام دن آشیانے میں ہی پڑا رہا۔ جب رات ہوئی تو پیٹ کی آگ اور بھڑکی اور اُس کے اندر کی خواہش جاگ اُٹھی۔ اس کے دل میں چڑے کی نفرت اور شدید ہونے لگی۔ حالانکہ وہ اپنے وعدہ وپیمان یاد کرنے لگا لیکن دل اُسے قبول کرنے کو تیار نہ تھا۔ وہ اپنا وعدہ توڑنے اور چڑے کو کھانے کا بہانہ ڈھونڈھ رہا تھا۔ چڑے نے باز کے چہرے پر غصّہ اور غضب کے آثار دیکھے تو سمجھ گیا کہ میری خیر نہیں اور میں نے ایک غیر جنس سے دوستی کرکے بڑی غلطی کی ہے۔ سچ ہے دوستی ہمیشہ اپنے جیسے اور اپنے برابر والوں سے اپنے ہم جنسوں سے ہی کرنی چاہیئے۔

اِدھر چڑا یہ سوچ رہا تھا اور اُدھر باز اپنی خونخوار چونچ اور پنجوں کے ساتھ کوئی بہانہ تلاش کر رہا تھا۔ باز نے جب کوئی بہانہ نہ پایا تو آخر بے طاقت ہو کر غصّے سے منہ بنالیا اور چڑے سے کہا۔

"کیا یہ اچھا ہے کہ میں دن بھر سورج کی دھوپ میں تپتا رہوں اور تو چھاؤں میں زندگی گزارے؟

چڑے نے کہا— "حضور! اس وقت رات ہے اور تمام دنیا پر اندھیروں کا پہرہ ہے۔ یہاں دھوپ اور چھاؤں کہاں؟"

باز نے کہا— نالائق! تو مجھے جھوٹا ثابت کرتا ہے اور میری بات کو رد کر رہا ہے؟ بدتمیز میں تجھے اس گستاخی کی سزا ضرور دوں گا۔"

یہ کہتے ہی اُسے پنجوں میں پکڑا اور چٹ کر گیا۔

نیکی کا بدلہ

ایک شتر سوار سفر کے دوران ایک گاؤں میں پہنچا۔ جہاں ایک قافلے والوں نے جاتے جاتے آگ روشن کردی تھی۔ ہوا کے چلنے کی وجہ سے آگ بھڑک کر جنگل تک چلی گئی۔ اتفاقاً ایک بہت بڑا سانپ اس آگ کی لپیٹ میں آگیا اور بچنے کے لیے اِدھر اُدھر راہ تلاش کرنے لگا۔ مگر کوئی راستہ نہ رہا۔ قریب تھا کہ جل کر راکھ ہو جاتا کہ اچانک اس کی نظر شتر سوار پر پڑی۔ فریاد کی کہ" برائے مہربانی مجھ پر رحم کرو اور مجھے اس بلائے ناگہانی سے نجات دلاؤ۔" شتر سوار ایک خدا ترس اور رحم دل آدمی تھا۔ جب اِس نے سانپ کی فریاد سُنی اور اُس کی بے چینی اور تکلیف دیکھی تو دل میں سوچا کہ اگر چہ سانپ انسان کا دُشمن ہے لیکن اس وقت مصیبت میں گرفتار ہے۔ اس سے بہتر اور کچھ نہیں کہ محبت اور شفقت کے ساتھ اُسے نجات دلاؤں، تاکہ

آخرت میں اس نیک کام کی جزا ملے۔ لہٰذا اس نے ایک تھیلا ڈنڈے کے سرے پر لٹکایا اور سانپ تک پہنچایا۔ سانپ فوراً اس تھیلے میں گھس گیا اور سوار نے اس ڈنڈے کو احتیاط سے آگ سے باہر نکالا۔ سانپ سے کہا: "اب تم جہاں جانا چاہو چلے جاؤ، اب اس مصیبت سے آزاد ہو۔ خدا کا شکر ادا کرو اور اس کے بعد انسانوں کو آزار پہنچانے سے بچو۔ کیونکہ لوگوں کو تکلیف پہنچانے والا اس دنیا میں بدنام ہوتا ہے اور آخرت میں سزا پاتا ہے۔"

سانپ نے کہا۔ "اے جوان! اس بات کو بھول جا۔ کیونکہ جب تک میں تجھے اور تیرے اونٹ کو ڈس نہیں لوں گا، یہاں سے نہ جاؤں گا۔"

سوار نے کہا۔ "میں نے تیرے ساتھ بھلائی کی ہے۔ اُس کا بدلہ کیا یہی سزا ہے؟"

سانپ نے کہا۔ "یہ سچ ہے کہ تو نے میرے ساتھ نیکی کی ہے، لیکن یہ بے موقع ہے۔ تو نے مجھ ایک غیر مستحق پر مہربانی کی۔ تو جانتا ہے کہ میں ایک ضرر پہنچانے والا جانور ہوں اور مجھ سے آدمیوں کے ساتھ کسی اچھے سلوک کی اُمید رکھنا بے وقوفی ہے۔ چونکہ تو نے میری نجات کی کوشش کی ہے۔ یعنی جس کے ساتھ بُرائی سے پیش آنا چاہیے، اُس کے ساتھ نیکی کی ہے تو اس کے لیے تجھے سزا بھگتنی ہوگی۔ کیونکہ بُروں کے ساتھ بھلائی کرنا ایسا ہی ہے جیسے نیکوں کے ساتھ بدی کرنا۔ دوسرے یہ کہ شروع

ہی سے ہمارے اور تمہارے درمیان دشمنی چلی آ رہی ہے۔ عقل مندی کا تقاضا یہ تھا کہ تو دشمن کا سر کچل دیتا۔ مجھے اس طرح رہا نہ کرتا۔ تو نے خلافِ شرع یہ بات کی ہے اور مجھ پر رحم کیا۔ میں ہر طرح تجھے ڈسوں گا۔"

سوار نے کہا۔ "انصاف سے سوچو کہ کون سے مذہب میں نیکی کا بدلہ بدی ہے اور دوستی کا بدلہ دشمنی ہے۔"

سانپ نے کہا۔ "تم انسانوں کی یہی عادت ہے اور میں بھی اسی پر عمل کر رہا ہوں۔"

اس شخص نے ہر چند التجا کی مگر سانپ پر کوئی اثر نہ ہوا۔ بولا "جلدی سے فیصلہ کرو۔ پہلے تمہیں ڈسوں یا تمہارے اونٹ کو؟" جوان نے کہا۔ "یہ خیال چھوڑ دو کیونکہ نیکی کا بدلہ بدی نہیں ہے۔" اس نے پھر جواب دیا۔ "یہ آدمیوں کا شیوہ ہے اور میں نے انسانوں سے یہی سیکھا ہے۔"

سوار نے اس بات سے انکار کیا اور کہا۔ "تو اگر گواہوں کے ذریعے ثابت کرے تو میں تجھے ڈسنے کی اجازت دوں گا اور اپنی ہلاکت پر راضی ہو جاؤں گا۔"

سانپ نے نظر دوڑائی۔ سامنے ایک بھینس چر رہی تھی۔ سانپ اور اونٹ سوار دونوں اس کے پاس آئے۔ سانپ نے کہا۔ "اے بھینس نیکی کا بدلہ کیا ہے؟"

بھینس نے جواب دیا۔۔۔ اگر انسانوں کے مذہب کی رُو سے پوچھو تو نیکی کا بدلہ بدی ہے۔ میں ایک عرصے سے ایک آدمی کے پاس تھی۔ ہر سال بچہ دیتی تھی اور اس کا گھر میرے دودھ اور گھی پر پلتا تھا۔ اس کی روزی روٹی میرے ہی سہارے چلتی تھی۔ جب میں بوڑھی ہوگئی اور بچے پیدا کرنے سے معذور ہوگئی تو اُس نے مجھے گھر سے نکال کر اس جنگل میں ہانک دیا۔ اس کے بعد جب میں تھوڑے دنوں تک جنگل میں چرتی رہی اور اِدھر اُدھر بیکار پھرتی رہی اور تھوڑی موٹی ہوگئی تو کل میرا مالک ادھر سے گزرا۔ اُس نے میرا موٹاپا دیکھا تو ایک قصائی کو لے آیا اور مجھے اس کے ہاتھوں بیچ دیا اور آج وہ لوگ مجھے قصاب خانے لے جارہے ہیں اور مجھے کاٹنے کا ارادہ رکھتے ہیں۔ اس سے ظاہر ہے کہ نیکی کا بدلہ بدی ہے۔"

سانپ نے اونٹ سوار سے کہا۔۔۔ "دیکھا۔۔۔ اب اپنے آپ کو ڈسوانے کے لیے تیار ہو جاؤ۔"

اونٹ سوار نے کہا۔۔۔ "شریعت میں ایک گواہ کافی نہیں۔ دوسری گواہی بھی لو۔ پھر جو چاہو کرو۔"

سانپ نے پھر ادھر اُدھر دیکھا۔ اُس کی نظر ایک درخت پر پڑی۔ کہا۔۔۔ "چلو اس درخت سے معلوم کریں۔" دونوں درخت کے پاس آئے۔ سانپ نے اس درخت سے پوچھا کہ "نیکی کا بدلہ کیا ہے؟" درخت نے جواب دیا۔۔۔

"انسانوں کے مذہب میں تو نیکی کا بدلہ بدی ہے اور اُس کی دلیل یہ ہے کہ میں ایک درخت ہوں۔ اس جنگل میں اُگا۔ ایک پاؤں پر کھڑا سب کی خدمت کرتا رہا۔ جب آدمی گرمی اور دھوپ سے گھبرا کر جنگل میں آیا تو گھنٹوں میرے سائے میں آرام کرتا رہا اور جیسے ہی اس کی آنکھ کھلی تو میری طرف دیکھا اور بولا — "فلاں شاخ کلہاڑی بنانے کے لائق ہے۔ فلاں ہل بنانے کے لیے مناسب ہے۔ تنے سے تختے اچھے بن سکتے ہیں۔ خوب صورت دروازے بن سکتے ہیں۔ اگر اُس کے پاس آرا یا کلہاڑی ہوتی تو میری شاخیں اب تک تنے سے جُدا ہو چکی ہوتیں۔ میں نے اسے راحت پہنچائی، اس لیے اس تکلیف کا سامنا کرنا پڑا۔"

سانپ نے کہا — "دو گواہوں نے گواہی دے دی۔ اب اپنا جسم اِدھر لاؤ تاکہ میں تجھے ڈسوں۔"

اونٹ سوار نے کہا — "زندگی سب کو عزیز ہوتی ہے۔ اگر ایک گواہ اور مل جائے تو بے دھڑک مجھے ڈس لینا۔ میں تقدیر کے اس مذاق پر راضی ہو جاؤں گا —"

حسنِ اتفاق سے ایک لومڑی وہاں کھڑی ہوئی یہ سب دیکھ رہی تھی، اور ان دونوں کی باتیں سُن رہی تھی۔ سانپ نے کہا — "چلو اس لومڑی سے پوچھتے ہیں۔ لومڑی نے پوری روداد سُن کر اونٹ سوار سے کہا — "کیا تو نہیں

جانتا کہ نیکی کا بدلہ بدی ہے۔ تو نے سانپ کے ساتھ کون سی نیکی کی جو اُس کی سزا کا مستحق ہوا ہے۔ تو تو ایک نیک آدمی نظر آتا ہے۔ تو نے اُسے بچانے کی جھوٹی کہانی کیوں سنائی؟"

سانپ نے کہا۔۔۔ "یہ سچ کہتا ہے۔ یہ ہے وہ تھیلا جس کے ذریعے اُس نے مجھے آگ سے باہر نکالا ہے۔"

لومڑی نے تعجب خیز انداز سے کہا۔۔۔ "میں اس بات پر کیسے یقین کر لوں کہ اتنا بڑا سانپ اتنے سے تھیلے میں سما گیا؟" سانپ نے کہا۔۔۔ "اگر یقین نہ ہو تو میں دوبارہ اس تھیلے میں جا کے بتاتا ہوں۔"

لومڑی نے کہا۔۔۔ "اگر یہ بات میں اپنی آنکھ سے دیکھ لوں تو اس کی سچائی پر مجھے یقین آجائے اور اس طرح تم دونوں کے درمیان فیصلہ کر سکوں گی۔" اُس شخص نے پھیلایا اور سانپ لومڑی کے کہنے کے مطابق بڑی اکڑ کے ساتھ اُس تھیلے میں داخل ہو گیا۔ سوار پھر اُسے لاٹھی کے ذریعے کھینچنا ہی چاہتا تھا کہ لومڑی نے کہا۔

"اے سوار! دشمن پھر تیرے قابو میں ہے۔ اب دیر نہ کر۔ اُسے مہلت نہ دے۔"

سوار نے تھیلے کو اُٹھا کر زمین پر دے مارا۔ سانپ فوراً مر گیا۔۔۔ اور شتر سوار کی جان بچ گئی۔

بلبل اور مالی

ایک مالی کے پاس ایک باغ تھا جو رنگا رنگ پھولوں سے مالا مال تھا۔ اس میں بڑی خوشگوار ہوائیں چلتی تھیں اور دل شاد ہو جاتا تھا۔ جو بھی اس کی سیر کو آتا اس کا واپس جانے کو جی نہ چاہتا تھا۔ مالی روزانہ صبح اس باغ کی سیر کرتا تھا اور ایک ایک پودے اور پھول کو دیکھتا تھا۔

ایک دن مالی حسب معمول باغ کی سیر کے لیے آیا تو اس کی نظر ایک بلبل پر پڑ گئی جو ایک پھول کی پنکھڑی پر اپنا منہ مل رہی تھی اور اپنی تیز چونچ سے پنکھڑیاں نوچ رہی تھی۔ مالی پھولوں کی یہ درگت دیکھ کر پریشان ہو گیا اور اس کا دل بے قرار ہو گیا۔ وہ فوراً وہاں سے آگے بڑھ گیا۔ دوسرے دن بھی وہی حال ہوا اور اسے دلی تکلیف پہنچی۔ تیسرے دن بھی بلبل کی چونچ سے پھول مرجھا گیا۔ مالی کو بلبل سے بڑی نفرت سی پیدا ہوئی اور آخر کار کسی بہانے سے اسے گرفتار ہی کر لیا اور ایک پنجرے

بلبل نے مالی سے کہا۔ "مجھے تم نے کس جرم کی پاداش میں قید کیا ہے اور کس سبب سے مجھے سزا دینے کا خیال تمہارے دل میں آیا ہے؟ اگر یہ میری نغمہ سرائی کی وجہ کیا ہے تو میرا آشیانہ تمہارے باغ میں ہی ہے اور ہر صبح میں اس میں نغمہ سرائی کرتی ہوں اور اگر کسی دوسری وجہ سے یہ خیال تمہارے دل میں آیا ہے تو مجھے اپنے مقصد سے آگاہ کرو اور اپنے دل کی بات بتاؤ۔"

مالی نے کہا۔ "کیا تمہیں نہیں معلوم کہ تم نے مجھ پر ظلم کیا ہے؟ اور مجھے اپنے محبوب کی جدائی سے کس طرح غمگین کیا ہے؟ اس حرکت کی یہی سزا ہو سکتی ہے کہ میں تمہیں اپنے محبوب اور اپنے علاقے سے تمہیں دور کر دوں اور باغ کی سیر سے محروم کر دوں تاکہ تم قید خانے کے گوشے میں روتے رہو کیونکہ میں بھی ہجر کے غم میں مبتلا اپنے گھر میں رو رہا ہوں۔"

بلبل نے کہا۔ "مجھے اس کے لیے معاف کر دو اور سوچو کہ محض اتنے سے جرم میں کہ میں نے ایک پھول کو بکھیر دیا گرفتاری کی سزا بھگت رہا ہوں اور تم نے جو کسی کے دل کو توڑ دیا ہے تو تمہارا کیا حال ہونا چاہیے۔"

یہ بات مالی کے دل پر اثر کر گئی اور تڑپ کر اس نے بلبل کو آزاد کر دیا۔ بلبل نے زبان کھولی اور کہا۔ "چونکہ تم نے میرے ساتھ نیکی کی ہے اور خدا فرماتا ہے کہ احسان کا بدلہ احسان ہوتا ہے۔ میں بھی تمہارے احسان کا بدلہ چکانا چاہتی ہوں۔ اس درخت کے نیچے جس کے سائے میں تم کھڑے ہو ایک گھڑا سونے چاندی سے

بھرا ہوا دفن ہے اسے کھود کے نکال لو اور اپنے کام میں لاؤ۔"

مالی نے وہاں کی زمین کھود دی۔ بلبل نے جو کچھ کہا تھا وہ پایا۔

مالی نے کہا: "اے بلبل! تعجب ہے کہ تم نے زمین کے اندر چھپے ہوئے گھڑے کو تو دیکھ لیا مگر اس جال کو نہ دیکھ سکیں جو میں نے تمہارے لیے زمین پر بچھایا تھا۔"

بلبل نے کہا — "کیا تم نہیں جانتے کہ جب قہر الٰہی نازل ہوتا ہے تو انسان کی بصیرت چلی جاتی ہے اور نہ ہی کسی تدبیر سے کام چلتا ہے۔"

لومڑی اور شکاری

ایک شکاری ایک جنگل سے گذر رہا تھا کہ اس نے ایک لومڑی کو دیکھا جو نہایت چست و چالاک تھی اور اس جنگل میں ٹہل رہی تھی۔ شکاری کو اس کے بال بہت پسند آئے۔ اس کے دل میں خیال آیا کہ کیوں نہ اس لومڑی کی کھال بیچ کر پیسے وصول کیے جائیں۔ لالچ اس قدر بڑھی کہ اس لومڑی کا تعاقب کر کے اس کے غار کا پتہ لگایا پھر اس کے قریب ہی ایک گڑھا کھود کر اس پر گھاس پھوس بچھا دی اور اس پر ایک مردہ جانور رکھ کر خود کمین گاہ میں جا بیٹھا۔

اتفاقاً لومڑی غار سے باہر نکلی اور گوشت کی بو پا کر کشاں کشاں اس گڑھے کی طرف بڑھی۔ مگر کچھ دور چل کر سوچنے لگی۔

''حالانکہ اس گوشت کی خوشبو سے میرا دماغ مہک رہا ہے لیکن ساتھ ہی ساتھ ایک ان جانے خطرے کی بو بھی محسوس کر رہی ہوں اور عقل مند اس کام کے قریب نہیں پھٹکتے جس میں کوئی خطرہ درپیش ہو اور ایسا کام ہرگز نہیں کرتے جس میں

کسی فتنہ کا اندیشہ ہو۔ ممکن ہے کہ یہاں کوئی مردہ جانور ہو اور یہ بھی ہو سکتا ہے کہ اس کے نیچے کوئی دام بچھایا گیا ہو۔ بہرحال اس خطرے سے گریز لازم ہے۔"

یہ سوچ کر لومڑی نے ارادہ ترک کر دیا اور اپنی راہ لی۔ اس دوران ایک بھوکا چیتا پہاڑ سے نیچے اترا۔ جب اس نے مردار کی بو سونگھی، بلا تامل اس پر دوڑ پڑا اور پاؤں رکھتے ہی اس گڑھے میں جا گرا۔ جب شکاری نے چیتے کے گرنے کی آواز سنی، سمجھا کہ لومڑی گری ہے۔ بہت ہی لالچ کے ساتھ بے دریغ اس گڑھے میں اترا چیتے کی نظر جب اس پر پڑی تو اس نے سوچا کہ مردہ جانور کھانے سے بہتر زندہ شکار ہے۔ فوراً شکاری کا پیٹ چاک کر ڈالا۔ اس طرح شکاری اپنی لالچ اور بے عقلی سے ہلاک ہوا اور لومڑی اپنی قناعت اور دور اندیشی سے بچ گئی۔

نادانوں کو نصیحت

کچھ بندروں کی ایک ٹولی کسی پہاڑ پر رہتی تھی اور وہاں کے پھل پھول اور گھاس پھوس پر گزارا کرتی تھی۔ اچانک ایک اندھیری رات میں برف باری ہونے لگی اور سردی کی شدت سے انھیں اپنا خون رگوں میں جمتا محسوس ہوا۔ وہ پریشان ہو کر اِدھر اُدھر دوڑنے لگے اچانک انہوں نے راستے میں ایک جگنو پڑا ہوا پایا اور اس خیال سے کہ یہ چنگاری ہے اس کے ارد گرد لکڑیاں جمع کرنے لگے اور پھونک مارنے لگے۔

ان کے قریب ہی ایک درخت پر ایک پرندہ بیٹھا ہوا تھا اس نے آواز لگائی۔

"یہ آگ نہیں ہے اس کی طرف راغب مت ہونا!"

لیکن اس لاحاصل کام سے وہ باز نہ آئے۔ اتفاقاً اس جگہ ایک دوسرا پرندہ آگیا اور پہلے پرندے سے کہنے لگا۔

"غم مت کرو۔ تمہاری بات سن کر وہ باز نہ رہیں۔ بلکہ الٹا تمہیں ہی غم ہو گا۔ ایسے لوگوں کی بھلائی کی کوشش کرنا پتھر پر تلوار چلانے اور زہر سے تریاق نکالنے

کے برابر ہے۔"

پرندے نے جب دیکھا کہ اس کی بات کو کوئی سنتا ہی نہیں تو مہربانی کے خیال سے درخت سے نیچے اتر آیا تاکہ ایک بار پھر انہیں نصیحت کر سکے۔ اور ان کو اس بے فائدہ کوشش اور محنت سے روک سکے۔ بندر اس کے اطراف جمع ہو گئے اور اس کا سر تن سے جدا کر دیا۔

تیز ہوش اور خرّم دل

دو دوست تھے ۔ ایک بہت عقل مند اور چالاک اور دوسرا بے حد غافل۔ایک نہایت چالاکی سے لوگوں کو دھوکا دیتا تھا اس کا لقب تیز ہوش تھا اور دوسرا اپنی بے وقوفی کی وجہ سے نفع اور نقصان میں تمیز نہیں کر سکتا تھا اس کو خرّم دل کہتے تھے ۔ان دونوں نے تجارت کا ارادہ کیا اور ایک دوسرے کے ساتھ سفر پر روانہ ہوئے ۔ وہ مختلف مرحلے طے کرتے جاتے تھے کہ اتفاق سے ،روپیوں سے بھرا ہوا ایک تھیلا انہیں پڑا ہوا ملا ۔اسے پاکر وہ دونوں بہت خوش ہوئے اور ٹھہر کر سوچنے لگے کہ اب کیا کیا جائے ۔عقل مند دوست یعنی تیز ہوش نے کہا۔

" بھائی !اس دنیا میں بغیر محنت کے بھی فائدہ حاصل ہوتا ہے ہمیں اشرفیوں کے اس تھیلے پر قناعت کرنی چاہیے اور کسی گوشے میں فراغت سے بسر اوقات کرنا بہتر ہے۔"

یہ سوچ کر دونوں واپس لوٹے ۔ شہر کے نزدیک پہنچ کر ایک جگہ رکے ۔خرّم دل نے کہا۔

"بھائی اب ہمیں اسے تقسیم کر لینا چاہیے۔"

تیز ہوش نے کہا ابھی تقسیم کرنا مناسب نہیں ہے۔ ہم حسب ضرورت کچھ رقم خرچ کے لیے نکال لیں گے اور باقی کسی جگہ دفن کر دیں گے اور وقت ضرورت اسی طرح اس میں سے تھوڑا تھوڑا لے جایا کریں گے تاکہ مصیبت سے بچیں اور خیریت سے رہیں۔

نادان دوست نے چالاک دوست کی اس بات سے اتفاق کیا اور اس کے دھوکے میں آکر مشورہ قبول کرتے ہوئے اشرفیوں کے تھیلے کو ایک درخت کے نیچے دفن کر دیا۔ پھر شہر میں آکر دونوں اپنے اپنے گھر کی طرف چل دئے۔

دوسری رات تیز ہوش جو چالاک تھا درخت کے نیچے آیا اور زمین کھود کر اشرفیوں کی تھیلی نکال لے گیا۔ خرم دل اپنی غفلت کی وجہ سے اس بات سے بے خبر اس رقم کو خرچ کرتا رہا جو اس کے پاس تھی۔ یہاں تک کہ رقم ختم ہو گئی۔ وہ تیز ہوش کے پاس آیا اور کہا۔

"چلو اس دفینے میں سے تھوڑی سی اشرفیاں اور نکال لیں کیونکہ میرے پاس پھوٹی کوڑی بھی نہیں ہے۔"

تیز ہوش نے انجان بنتے ہوئے کہا۔ "چلو اچھا ہے۔"

دونوں ساتھ ساتھ اس درخت کے نیچے آئے اور جلدی جلدی دفینہ تلاش کرنے لگے۔ لیکن کچھ نہ ملا۔ تیز ہوش نے خرم دل کا گریبان پکڑ لیا اور کہا

"یہ مال تم ہی لے گئے ہو اور کسی کو خبر نہ تھی۔"

خرّم دل بے چارہ قسمیں کھاتا رہا مگر تیز ہوش پر اس کا کچھ اثر نہ ہوا۔ آخر کار اس تو تو میں میں نے اچھے خاصے جھگڑے کی شکل اختیار کر لی۔ تیز ہوش چالاکی سے خرّم دل کو اس کے تصفیہ کے لیے قاضی کے پاس لایا اور دعویٰ کیا۔ تمام واقعہ قاضی کو سنایا۔ خرّم دل کے انکار کرنے پر قاضی نے تیز ہوش سے گواہ طلب کیا۔ تیز ہوش نے کہا۔

اے قاضی! اس درخت کے سوا کہ جس کے نیچے ہم نے یہ مال چھپایا تھا، میرا اور کوئی گواہ نہیں ہے اور میں امید کرتا ہوں کہ اللہ اپنی قدرت سے اس درخت کو زبان دے گا تاکہ وہ میری گواہی دے سکے اور اس بے ایمان کی بددیانتی سے لوگ آگاہ ہو جائیں"

قاضی کو اس بات پر بڑا تعجب ہوا مگر بحث و مباحثہ کے بعد یہ طے پایا کہ کل قاضی اس درخت کے نیچے آئے گا اور درخت سے گواہی طلب کرے گا اگر درخت نے گواہی دی تو اس پر عمل کرے گا۔

تیز ہوش اپنے گھر گیا اور تمام قصّہ اپنے باپ کو سنایا اور کہا "ابا جان! میں نے آپ کے بھروسے پر یہ بہانہ بنایا ہے اور مکر کا جال بچھایا ہے۔ یہ سارا پلان آپ کی شفقت پر منحصر ہے۔ اگر آپ مجھ پر مہربان ہو جائیں تو یہ مال ہضم ہو سکتا ہے اور اس کا آدھا اور حاصل ہو سکتا ہے پھر باقی ساری عمر عیش سے بسر کریں گے۔"

باپ نے کہا "بیٹا وہ کونسی بات ہے جس کا تعلق مجھ سے ہے؟"

بیٹے نے کہا "اس درخت میں ایک کھوہ ہے رات میں چل کر اس میں بیٹھ جائیے دن میں جب قاضی آ کر پوچھے گا تو میری گواہی دے دینا۔"

باپ نے کہا۔"بیٹا! دھوکے بازی سے باز آؤ۔ اگر آج تم نے لوگوں کو دھوکا دے بھی دیا تو کل کیا خدا کو دھوکا دے پاؤ گے؟ اکثر ایسا بھی دیکھا ہے کہ مکار اپنے بچھائے ہوئے جال میں خود ہی پھنس جاتا ہے اور اس کی چالاکی خود اس کی سزا کا سبب بن جاتی ہے۔ ڈرتا ہوں کہ تمہاری اس مکاری کا انجام گرفتاری اور ذلت نہ ہو۔"

تیز ہوش نے کہا۔" ابا جان! اب بات مختصر کیجیے اور دوراندیشی سے باز آجائیے۔ یہ کام آپ کی ذرا سی مدد سے فائدہ بخش ہو سکتا ہے۔"

بیٹے کی محبت اور مال کی ہوس نے بوڑھے کو بھی بددیانتی پر آمادہ کر لیا۔ ایمانداری کو بالائے طاق رکھ کر وہ بھی بے ایمانی کی راہ پر گامزن ہوا۔ اسی رات کے اندھیرے میں بیٹے کے کہنے کے مطابق وہ درخت کی کھوہ میں جا بیٹھا۔

صبح قاضی چند لوگوں کے ساتھ درخت کے نیچے آیا۔ ایک ہجوم اس منظر کو دیکھنے کے لیے جمع تھا۔ قاضی نے مدعی کے کہنے کے مطابق درخت سے گواہی طلب کی۔ درخت میں سے آواز آئی۔"اس مال کو خرم دل لے گیا ہے اور تیز ہوش پر ظلم کیا ہے۔" یہ سن کر سب حیران رہ گئے۔ مگر قاضی نے ہوشیاری سے کام لیتے ہوئے سمجھ لیا کہ اس درخت میں کوئی راز ہے جس کا آشکارا ہونا بے حد ضروری ہے اور اس کے لیے کوئی ترکیب کرنی چاہیے۔ پس اس نے حکم دیا کہ بہت سی سوکھی لکڑیاں جمع کر کے اس درخت کے اطراف آگ لگا دی جائے۔ جب ان لکڑیوں کا دھواں درخت کی کھوہ میں پہنچا تو بوڑھے کا دم گھٹنے لگا اور وہ گھبرا کر چلانے لگا اور جان کی امان کی دہائی دینے لگا۔ قاضی نے

اسے باہر نکالا اور اس سے حقیقتِ حال دریافت کی۔ اس نے سارا ماجرا بیان کیا اس طرح تیز ہوش کی بے ایمانی اور خرم دل کی نادانی سب پر ظاہر ہو گئی ۔ یہ ماجرا سنا کر بوڑھا اس دنیا سے رخصت ہو گیا۔ تیز ہوش ذلّت و خواری کے ساتھ اپنے باپ کی لاش گردن میں لٹکائے شہر میں آیا۔ خرم دل اپنی سچائی اور ایمانداری کی وجہ سے مال حاصل کر کے خوش خوش زندگی گزارنے لگا۔

بے چارہ مینڈک

ایک مینڈک کسی سانپ کے بِل کے قریب رہتا تھا۔ اس ظالم اور خونخوار سانپ نے مینڈک کے تمام بچے چن چن کر کھالیے ۔جب مینڈک بچے نکالتا سانپ انہیں کھا جاتا اور مینڈک بے چارہ اپنا دل مسوس کر رہ جاتا۔ اس مینڈک کی ایک کیکڑے سے دوستی تھی۔ مینڈک ایک دن اس کے پاس گیا اور کہنے لگا۔

"مجھے کوئی ایسی ترکیب بتاؤ کہ میں اپنے طاقت ور دشمن کا مقابلہ کرسکوں کیونکہ میں جس جگہ رہتا ہوں وہ بڑی دلکش ہے۔ میں اسے چھوڑنا نہیں چاہتا۔"

کیکڑے نے کہا۔" افسوس نہ کرو۔ طاقتور دشمن کو حیلے اور مکر سے شکست دی جاسکتی ہے۔"

مینڈک نے کہا اس بدکار دشمن کے لیے تم نے کونسا حیلہ ڈھونڈا ہے؟

کیکڑے نے کہا۔ یہاں سے کچھ دور مغرب کی سمت ایک نیولا رہتا ہے جو بڑا لڑاکو ہے۔ تم چند مچھلیاں پکڑ لو اور انہیں مار کر نیولے کے بل سے سانپ کے بل تک

پھیلا دو تا کہ نیولا ایک ایک کر کے انہیں کھائے اور مزید مچھلیوں کی تلاش میں آگے بڑھے۔ اس طرح سانپ کے بل تک پہنچے اور اس کا کام تمام کردے اور تمہیں اس کے شر سے نجات ملے۔

مینڈک نے کیکڑے کی اس تدبیر پر عمل کر کے اپنے دشمن کو ہلاک کر دیا۔ اس واقعے کے دو تین روز بعد جب نیولے کو پھر ان مچھلیوں کی طلب ہوئی، وہ اسی طرح پھر نکل پڑا اور اسی عادت کے مطابق دوبارہ مچھلیوں کی تلاش میں اسی راستے پر آیا لیکن مچھلی نہیں ملی البتہ مینڈک اور اس کے بچے نظر آئے۔ لہٰذا اس نے انہیں بھی کھا لیا۔

نادان کی دوستی جی کا جنجال

ایک مالی تھا جس نے اپنی ساری عمر باغ لگانے میں صرف کی تھی۔ اس کا باغ جنت کے کسی باغ سے کم نہ تھا۔ وہاں طرح طرح کے پھل پھول موجود تھے جن کی خوشبوؤں سے دماغ معطر رہتا تھا۔ بوڑھا مالی بڑے آرام سے اس باغ میں تنہا زندگی بسر کر رہا تھا۔ آخر ایک دن وہ اپنی اس تنہائی سے گھبرا گیا اور بے حد اداس ہوا۔ گھبرا کر ایک جنگل کی طرف چل پڑا۔ ایک مدت تک جنگلوں میں بھٹکتا رہا۔ اچانک ایک بدصورت، ڈراؤنا ریچھ جو اسی کی طرح تنہائی سے بےزار ہو چکا تھا اور اکیلا رہتا تھا اس پہاڑ سے نیچے اترا۔ دونوں ایک دوسرے سے دوچار ہوئے اور چونکہ دونوں کی فطرت میں خباثت موجود تھی لہٰذا دونوں ایک دوسرے سے بہت جلد مانوس ہو گئے۔

مالی ریچھ کو ساتھ لے کر اپنے باغ میں آیا۔ دونوں خوشی خوشی ساتھ ساتھ رہنے لگے۔ جب مالی آرام کرتا تھا۔ ریچھ اس کے سرہانے بیٹھ کر مکھیاں اڑاتا تھا۔

ایک دن مالی گہری نیند سو رہا تھا اور ریچھ حسب معمول مکھیاں اڑا رہا تھا لیکن مکھیوں نے اتنا ہجوم کر لیا تھا کہ ریچھ جتنی مکھیاں اڑاتا تھا اتنی ہی پھر جمع ہو جاتی تھیں ریچھ نے پریشان ہو کر ایک وزنی پتھر جو تقریباً بیس سیر سے کم کا نہ ہوگا۔ اٹھا کر مکھیوں پر دے مارا اور اس طرح مالی کا سر پاش پاش ہو گیا۔

جیسے کو تیسا

ایک سوداگر کچھ دنوں کے لیے ایک سفر پر جانے لگا تو اس نے سو من لوہا اپنے ایک دوست کے گھر امانت کے طور پر رکھوا دیا تاکہ ضرورت پڑے تو اسے بیچ کر روپیہ حاصل کر سکے۔ جب وہ سفر سے لوٹا تو اپنے دوست کے پاس آیا اور اس سے لوہا طلب کیا۔ دوست نے کہا۔ "تمہارا لوہا میں نے ایک کوٹھری میں بند کر کے رکھ دیا تھا مگر ایک دن کھول کے دیکھا تو چوہوں نے سب کھا لیا تھا۔"

سوداگر نے کہا۔ "تم ٹھیک کہتے ہو۔ دراصل چوہوں کو لوہا بہت پسند ہے۔ وہ اس کی لذت پر جان دیتے ہیں۔ ضرور کھا لیا ہوگا کیونکہ ان کے دانت اس قسم کی ملائم اور چکنی چیز پر خوب چلتے ہیں۔"

یہ بات سن کر اس کا دوست بہت خوش ہوا کہ چلو اتنا سارا لوہا بغیر کسی جھگڑے کے ہضم ہو گیا۔ اسے سوداگر کی بے وقوفی پر بڑی ہنسی آئی۔ سوچا کہ اس خوشی میں اس کی مہمان داری ضرور کرنی چاہیے تاکہ دل میں کوئی اندیشہ باقی نہ رہے۔ اس نے سوداگر سے

اصرار کیا کہ وہ آج کے دن اس کا مہمان رہے۔ سوداگر نے کہا۔

"آج مجھے کچھ ضروری کام ہے۔ کل صبح حاضر ہوں گا۔

یہ کہہ کر رخصت ہوا اور باہر آکر اس کے لڑکے کو ساتھ لے جاکر اپنے گھر میں چھپا دیا۔ صبح صبح حسب وعدہ اس کے گھر دعوت کھانے پہنچا۔ میزبان کو پریشان حال پایا۔ وہ معذرت کرتے ہوئے بولا۔

" میرا لڑکا کل سے گم ہوگیا ہے اور تمام شہر میں منادی کرادی ہے۔ لیکن اب تک اس کا سراغ نہیں مل سکا اس لیے میرے حواس بجا نہیں ہیں۔ میں بے حد پریشان ہوں۔ معاف کرنا میں تمہاری دعوت نہیں کر سکتا۔"

سوداگر نے کہا۔" کوئی بات نہیں۔ لیکن ہاں ۔ یاد آیا۔ کل جب میں تمہارے گھر سے باہر نکلا تھا تو میں نے بالکل ویسا ہی لڑکا جیسا حلیہ تم نے بیان کیا ہے، دیکھا تھا۔ لیکن اسے ایک باز اپنے پنجوں میں دبوچے ہوا میں اڑائے لیے جارہا تھا۔"

میزبان خفا ہوا اور بولا۔" کیوں خواہ مخواہ جھوٹ بولتے ہو۔ اور ایسی ناممکن بات کہتے ہو۔ کیا ایک کمزور باز ایک بیس سیر کے موٹے تازے لڑکے اٹھا کر ہوا میں اٹھا کر اڑ سکتا ہے۔"؟

سوداگر ہنسا اور بولا۔ "اس میں تعجب کی کیا بات ہے! جس شہر میں چوہے سومن لوہا کھا سکتے ہیں، کیا وہاں ایک باز بیس سیر کے لڑکے کو اٹھا کر نہیں اڑ سکتا؟ اس شہر کی آب و ہوا میں یہی تاثیر ہے۔"

وہ شخص سمجھ گیا کہ یہ کام سوداگر کا ہے۔ فوراً بولا۔

"فکر نہ کرو۔ تمہارا لوہا چوہوں نے نہیں کھایا۔"

سوداگر نے جواب دیا۔" تم بھی پریشان مت ہو۔ تمہارے بیٹے کو باز نہیں لے گیا۔"

آخر اس نے اس کا لوہا واپس کر دیا اور سوداگر نے اس کا لڑکا۔

نابینا اور تازیانہ

ایک اندھا اور بینا دونوں ایک جنگل میں ٹھہرے ہوتے تھے۔ جب رات ہوگئی اور انھوں نے وہاں سے روانہ ہونا چاہا تو اندھے نے اپنا تازیانہ تلاش کیا۔ اتفاق سے ایک سانپ سردی سے ٹھٹھرا ہوا وہاں پڑا تھا۔ نابینا نے اُسے تازیانہ سمجھا اور اُسے اُٹھالیا۔ جب ہاتھ پھیرا تو پہلے کے مقابلے میں کافی نرم اور ملائم محسوس ہوا۔ خوشی خوشی اُسے اُٹھا لیا اور اپنے کھوئے ہوئے تازیانے کو بھول کر روانہ ہوا۔ لیکن صبح نمودار ہوئی۔ اُجالا ہوا تو آنکھوں والے شخص نے دیکھا کہ اُس کے اندھے دوست کے ہاتھوں میں ایک سانپ ہے۔ وہ چلآیا۔

"دوست! تم جسے تازیانہ سمجھ رہے ہو، وہ زہریلا سانپ ہے۔ اس سے قبل کہ وہ تمہیں ڈس لے، اُسے ہاتھ سے پھینک دو۔" نابینا نے سوچا

کہ اس کا دوست اس تازیانے کا لالچ کر رہا ہے۔ کہا۔ "اے میرے عزیز! میں نے اپنا تازیانہ کھو دیا تھا۔ خدا نے مجھے اس سے بہتر تازیانہ عطا کیا ہے۔ اگر تمہاری قسمت بھی تمہارا ساتھ دے تو تمہیں بھی ایسا اچھا تازیانہ ملے گا۔ اب جان لو کہ میں ان لوگوں میں سے نہیں ہوں جو جھوٹے قصے کہانیوں پر یقین کر کے اس تازیانے کو پھینک دوں"۔ بینا شخص مسکرایا اور کہا۔

"اے میرے بھائی! دوستی کا فرض یہ تھا کہ میں تمہیں اس خطرے سے آگاہ کروں، سو میں نے کر دیا۔ میری بات مانو اور اس سانپ کو اپنے ہاتھوں سے پھینک دو۔"

نابینا نے بُرا سا منہ بنایا اور کہا:

"مبالغے کی بھی حد ہوتی ہے۔ یہ بات سمجھ لو کہ جو تقدیر میں ہوتا ہے وہی ہوتا ہے۔ تم میرے تازیانے کو ہتھیانے کا ارادہ رکھتے ہو' اسی لیے اُسے پھینکنے کا اصرار کر رہے ہو' تاکہ جیسے ہی میں اُسے پھینکوں' تم اسے اُٹھا لو۔ اس خیال میں نہ رہو کیونکہ یہ تازیانہ مجھے خدا کی طرف سے ملا ہے۔"

ہر چند کہ بینا شخص نے اسے بہت سمجھایا مگر اس پر کوئی اثر نہ ہوا۔ یہاں تک کہ ہوا گرم ہونا شروع ہوئی اور سردی سے ٹھٹھرے ہوئے سانپ کے جسم میں گرمی پیدا ہوئی۔ وہ کلبلایا اور لہرانے لگا اور اسی درمیان اُس نے نابینا کے ہاتھ پر ڈس لیا اور وہ اسی وقت مر گیا۔

روشن ضمیر بوڑھا

فارس کے ایک شہر میں ایک شیخ بڑا روشن ضمیر تھا۔ جو ولی کے درجہ پر پہنچا ہوا تھا۔ اُس کا چرچا دُور دُور تک پھیلا ہوا تھا۔ سیکڑوں لوگ اُس کی زیارت کے لیے آتے تھے۔ ایک مرتبہ سمرقند کا ایک دُرویش مصیبتیں اُٹھاتا ہوا شیخ کے آستانے پر پہنچا۔ خانقاہ کے خادم نے اُس کی خیریت دریافت کرنے کے بعد اُس سے کہا: "تم کچھ دن یہیں رہو اور انتظار کرو، کیونکہ شیخ بادشاہ کی ملازمت میں گیا ہوا ہے اور اُس کے آنے کے بعد ہی تمہاری ملاقات ہو سکے گی۔"

اس دُرویش کو یہ جان کر بڑا افسوس ہوا۔ اُس نے دل میں سوچا کہ میں نے بیکار ہی یہاں آنے کی زحمت اُٹھائی۔ وہ شیخ جو بادشاہوں کی ملازمت میں رہے وہ مجھے کیا خاک دے سکے گا اور میں اُس کی

صحبت سے کیا فائدہ اُٹھا سکوں گا۔ یہ سوچ کر فوراً خانقاہ سے باہر آیا اور بازار کی طرف چلا۔

راستے میں وہ اپنے آپ پر افسوس کرتا چلا جارہا تھا کہ اچانک اس شہر کے کوتوال کی نظر اس پر پڑی۔ اتفاق سے اس رات ایک چور جو اس دُرویش کا ہم شکل تھا۔ قید خانے سے فرار ہوا تھا اور بادشاہ نے چور کے فرار ہونے اور کوتوال کے غافل رہنے سے غصہ ہوکر حکم دیا تھا کہ جلد از جلد چور کو تلاش کر کے لایا جائے اور اس کا ہاتھ کاٹ دیا جائے۔ جب کوتوال نے اس دُرویش کو دیکھا تو بھاگا ہوا چور سمجھ کر اُسے گرفتار کرلیا اور عدالت میں حاضر ہوا۔ دُرویش نے ہرچند صفائی پیش کی کہ میں چور نہیں ہوں۔ لیکن اُس کی ایک نہ سنی گئی۔ سوائے ہاتھ کٹوانے کے اب اُس کے لیے کوئی چارہ نہ تھا جیسے ہی جلّاد نے اس کا ہاتھ کاٹنے کے لیے تلوار اُٹھائی، اچانک روشن ضمیر شخص وہاں داخل ہوا اور صورتِ حال دریافت کر کے کوتوال سے بولا۔

" یہ ہماری خانقاہ کا ایک درویش ہے۔ اسے اس طرح زبردستی سزا دینا خلافِ انصاف ہے۔ اس لیے اُسے ہرگز سزا نہ دی جائے!"

کوتوال نے جیسے ہی شیخ کو دیکھا فوراً اُس کے قدموں کا بوسہ لیا اور اس کی بات مان لی۔ اس طرح دُرویش کو کوتوال کے ظلم وستم سے نجات پاکر شیخ کے ساتھ روانہ ہوا۔ راستے میں شیخ نے دُرویش کے کندھوں پر ہاتھ

رکھ کر آہستہ سے کہا۔

"فقیروں کے لیے بدگمانی مناسب نہیں۔ اگر میں بادشاہ کی ملازمت اختیار نہ کرتا تو تم جیسے مظلوموں کو ظالموں کے ہاتھوں سے کیوں کر رہائی ملتی۔"

دُرویش کی سمجھ میں آگیا کہ اس کا خیال دراصل شیطانی بہکاوے کا نتیجہ تھا، ورنہ حقیقت یہ ہے کہ اہلِ کمال سے جو بھی فعل سرزد ہوتا ہے وہ فائدے سے خالی نہیں ہوتا۔ کیونکہ دُرویش کا ارادہ دراصل خدا کا ارادہ ہوتا ہے۔ اُس نے فوراً شیخ سے معافی مانگی اور اس کے قدموں پر گر پڑا۔

انوارِ سہیلی کی منتخب کہانیوں کا تیسرا حصہ

چار یار

مصنف : ملا حسین واعظ کاشفی

بین الاقوامی ایڈیشن جلد منظر عام پر آرہا ہے